EDELWEISS

Scénario
CÉDRIC MAYEN

Dessin & Couleurs
LUCY MAZEL

VENTS D'OUEST

Cet ouvrage est une œuvre de fiction, inspirée toutefois de faits réels et de personnages historiques.

Les auteurs souhaitent remercier leurs familles
ainsi que Morgan, Valérie S., Stéphane, Simon, Baptiste, Ines,
Nadine et Kat May pour leur investissement dans ce projet,
leur aide et leur écoute dans les moments de doute.
Un grand merci à Laurence Baldetti, Mara, Jean-Charles Poupard
et Jonathan Munoz pour leurs magnifiques dessins.
Des remerciements très spéciaux :
À Valérie Aubin qui a aimé et défendu cette histoire dès le premier jour
et en a fait une réalité ;
À Wilfrid Lupano qui a couvé du regard, avec justesse et bienveillance,
le travail d'écriture de cet album ;
À Jean-Rémi Arruyer, écrivain et cartographe du Mont-Blanc, qui a su nous
transmettre sa connaissance et son amour de la montagne entre deux francs
éclats de rire.

Ce livre est dédié à Roland et Marguerite Gosmat, qui ont largement
inspiré Edmond et Olympe.

Couvent Sainte-Cécile
37 rue Servan - 38000 GRENOBLE

www.ventsdouest.com

Dépôt légal : juin 2017
ISBN : 978-2-7493-0814-2 / 001
Achevé d'imprimer en France en juin 2017 par Pollina - 80556,
sur papier provenant de forêts gérées de manière durable.

PEFC 10-31-2065 / Certifié PEFC / pefc-france.org

LIVRE I

« Il n'est pas de voyage, quelles que soient
les précautions que l'on prenne,
qui n'entraîne de petites contrariétés. »

Henriette d'Angeville

ÉTÉ 1947, SÈVRES.
HONORÉ, T'ES SÛR QU'C'ÉTAIT UNE BONNE IDÉE DE LES LAISSER FAIRE ?
J'SAIS PAS, MONMON, MAIS ON VA VITE LE SAVOIR. PIS COMME ÇA ON LES AURA PAS SU'L'DOS TOUTE LA SOIRÉE !
ÇA M'EMMERDERAIT QU'ELLES ABÎMENT MA BIQUETTE QUAND MÊME.
C'EST SÛR QU'C'EST PAS UN FOUDRE DE GUERRE, MAIS SANS ELLE, J'POURRAIS PLUS ALLER AU TURBIN.
SI ÇA NOUS OUVRE PLUS VITE LE CHEMIN DE LEURS CULOTTES, ÇA VAUT BIEN TA CHARRETTE POURRIE !
PIS TU T'EN PLAINS PAS D'MA "CHARRETTE POURRIE" QUAND ELLE T'EMMÈNE AUX GUINGUETTES.

AAAAAAAAAAAAAH!
2016-RM4
COMMENT QU'ON FREINE ?!?
CRIIIIIIIIIIII
CLONG

J'SUIS DÉSOLÉE, MONMON.
TU CROIS QUE ÇA VA M'SUFFIRE, DES EXCUSES, POUR ÉVITER LES TORGNOLES DE MON VIEUX ?
T'ÉNERVE PAS, C'EST QU'UNE AUTO !
J'M'ÉNERVE SI J'VEUX ! ET TAIS-TOI DONC, LOUISON, VU L'PRIX DU SILENCE, TU DOIS PAS SOUVENT AVOIR LES POCHES PLEINES.

TAVERNIER, QUAT'VERRES DE JAJA !
ALLEZ MONMON, FAIT PAS LA TRONCHE. ON DIRAIT TON PÈRE UN JOUR DE GRÈVE !
VAUT MIEUX ÇA, QUE D'RESSEMBLER AU TIEN UN JOUR DE PAYE !
HONORÉ, ON N'EST PAS LÀ POUR CAUSER. J'AI ENVIE DE DANSER, MOI !
SUIVONS-LES, ÇA NOUS CHANGERA LES IDÉES.
TOI, Y T'EN FAUT PEU POUR FAIRE TOURNER TA GIROUETTE ! TROUVE-TOI UN AUTRE FRED ASTAIRE.

MAIS VOUS POUVEZ PAS FAIRE ATTENTION ?
DÉSOLÉE !
T'ES PAS LA PREMIÈRE À M'DIRE ÇA CE SOIR, À CROIRE QUE VOUS VOUS ÊTES PASSÉ LE MOT...
MAIS ATTENDS, J'TE CONNAIS, TOI !
TU M'EN DIRAS TANT !
MAIS SI... À MASSY EN 43, J'HABITAIS CHEZ MON COUSIN HONORÉ APRÈS LE BOMBARDEMENT DES USINES RENAULT, J'TE VOYAIS PASSER TOUS LES JOURS SUR TON VÉLO ROUGE.
HONORÉ ZIMMER, LE BOURREAU DES COEURS ? MAIS OUI... JE ME SOUVIENS DE TOI. EDMOND, C'EST ÇA ?
MONMON, C'EST QUI CETTE PÉPÉE QUI CRIE MON N... MAIS C'EST OLYMPE !
QU'EST C'TU FAIS LÀ ? ÇA FAIT UN BAIL !
JE SUIS VENUE AVEC DES COPINES D'ATELIER, MAIS JE CROIS QUE TU LES AS FAIT FUIR AVEC TON HALEINE !
BON BEN, SI C'EST COMME ÇA QU'ON EST REÇU ICI, J'PRÉFÈRE ENCORE ALLER DANSER AVEC MA BONNE AMIE !
ET TOI, T'AS PAS UNE BONNE AMIE À REJOINDRE ?
J'AI PLUTÔT ENVIE DE PRENDRE L'AIR, ON ÉTOUFFE ICI.

TU TE SOUVIENS C'T'HIVER LÀ, ON ÉTAIT ALLÉS PATINER SUR LE LAC ?
COMMENT OUBLIER ? C'EST PAS SOUVENT QU'ON VOIT QUELQU'UN SE GAMELLER AVEC AUTANT D'ENTRAIN !
D'AILLEURS, C'EST PAS À TOI QUE J'AVAIS PRÊTÉ LES PATINS DE MON PÈRE ?
TU NE ME LES AS JAMAIS RENDUS.
C'EST QU'LES ALLEMANDS SONT VENUS M'LES BARBOTER ET J'AI PAS OSÉ VENIR M'EXCUSER...
J'ÉTAIS PAS TRÈS COURAGEUX À L'ÉPOQUE !
ET MAINTENANT ?
JE CROIS QU'IL EST TEMPS QUE TU ME RACCOMPAGNES.

ET VOILÀ, ON EST ARRIVÉS.
ÇA M'A FAIT PLAISIR DE TE REVOIR.
MERCI POUR CETTE BELLE SOIRÉE.

AUTOMNE 1949,
PARIS.
TOC TOC TOC
MADELEINE, QU'EST-CE QUE TU FAIS LÀ ?
JE FAISAIS DES EMPLETTES DANS LE QUARTIER ET J'EN AI PROFITÉ POUR PASSER, COMME TU NE VIENS PLUS À LA MAISON !
C'EST QUE RIEN NE ME MANQUE LÀ-BAS...
À PART TOI, BIEN SÛR !
EN TOUT CAS, ÇA A L'AIR DE PAYER, TON INDÉPENDANCE, PETITE SŒUR.
TOUCHE PAS, C'EST POUR MES CLIENTES !
ÇA NE TE SUFFIT PAS DE TRAVAILLER CHEZ UN COUTURIER, FAUT ENCORE QUE TU T'EN RAJOUTES À LA MAISON ?
CE N'EST PAS ÇA, MON SALAIRE SUFFIT À PAYER LE LOYER ET LES REPAS, MAIS J'AI DES PROJETS...
AVEC EDMOND ? ÇA Y EST, IL S'EST ENFIN DÉCIDÉ ? ÇA FAIT PLUS D'UN AN QUE VOUS VOUS FRÉQUENTEZ, IL SERAIT TEMPS...
ÇA FAIT LONGTEMPS QU'ON EN DISCUTE, MAIS IL A PEUR DE NE PAS ÊTRE ASSEZ BIEN POUR PAPA.
C'EST SÛR, TU AURAIS PU TROUVER MIEUX QU'UN OUVRIER.
ET QUOI ? MOI AUSSI JE SUIS OUVRIÈRE ! EDMOND TRAVAILLE DUR ET TU DEVRAIS RESPECTER ÇA.
MAIS TOI, C'EST PAR CHOIX, PAS PAR NÉCESSITÉ. PAPA N'A PAS TORT QUAND IL DIT QUE ÇA TE PASSERA...

CE N'EST PAS UNE LUBIE, SI C'EST CE QUE TU CROIS. J'AIME CRÉER AVEC MES MAINS. ET PUIS, JE NE VEUX PLUS DÉPENDRE DE PERSONNE. ÇA M'A DÉJÀ FAIT ASSEZ MAL D'AVOIR DÛ DEMANDER À PAPA L'AUTORISATION DE TRAVAILLER ET DE M'INSTALLER TOUTE SEULE, TU COMPRENDS ?
JE SAIS QUE TU L'AS MOINS CONNUE QUE MOI, MAIS C'EST FOU CE QUE TU RESSEMBLES À MAMAN QUAND TU T'ENFLAMMES COMME ÇA.
D'AILLEURS, ÇA ME FAIT PENSER... TU TE SOUVIENS DE SA VIEILLE MALLE ?
CELLE OÙ ELLE RANGEAIT NOS AFFAIRES DE MONTAGNE ?
JE L'AI RETROUVÉE AU GRENIER AVANT LE DÉMÉNAGEMENT ET REGARDE, IL N'Y A PAS QUE NOS VIEUX VÊTEMENTS, IL Y A AUSSI TOUS LES CARNETS DE TATIE HENRIETTE. TOUTES LES NOTES QU'ELLE A PRISES PENDANT SON ASCENSION DU MONT BLANC.
ET QU'EST-CE QUE TU VEUX EN FAIRE ?
TOUT À L'HEURE TU ME DEMANDAIS POURQUOI JE VOULAIS GAGNER PLUS D'ARGENT ? EH BIEN J'ENVISAGE DE SUIVRE SON ITINÉRAIRE...
TU VEUX ESCALADER LE MONT BLANC ? MAIS TU ES ENCORE PLUS FOLLE QUE JE NE LE PENSAIS, OLYMPE !
TUT TUUUUUUUT
TU NE M'EN CROIS PAS CAPABLE ?
SI ET C'EST BIEN CE QUI ME FAIT PEUR !

V'LÀ MON AMÉRICAIN. JE LUI AVAIS DIT DE VENIR ME CHERCHER ICI.
JE DOIS Y ALLER, MAIS ON CONTINUERA CETTE DISCUSSION ! PROMETS-MOI QUE TU VIENDRAS À LA MAISON POUR NOËL.
JE NE SAIS PAS SI..
NE T'AVISE PAS DE ME FAIRE FAUX BOND. ET TU ME PRÉSENTERAS TON EDMOND AVANT. SI J'ESTIME QUE C'EST UN BON GARS, JE TE PROMETS DE CONVAINCRE PAPA DE L'INVITER. C'EST D'ACCORD ?
D'ACCORD.
SOIS SAGE ET NE FAIS RIEN QUE JE NE FERAIS PAS !
TU ME CONNAIS, C'EST PAS MON GENRE DE ME FAIRE ENTRETENIR PAR DES BEAUX SOLDATS !
HA HA HA ! TU NE SAIS PAS CE QUE TU RATES !
CHAMONIX
CARTE DU MASSIF DU MONT BLANC
BÉCASSINE
CHAMONIX MONT-BLANC
FRANCE

NOËL 1949.
MONMON, ENFIN ! ON N'ATTENDAIT PLUS QUE TOI !
VOUS TOMBEZ BIEN, EDMOND, UN PEU PLUS ET NOUS MANGIONS SANS VOUS. VOUS CONNAISSEZ JEAN, MON NEVEU ?
JE N'AI PAS CE PLAISIR.
OLYMPE M'A BEAUCOUP PARLÉ DE TOI.
EN BIEN, J'ESPÈRE !
SALUT BELLE-SOEURETTE.
SALUT BEAU-FRÉROT.
ET SI NOUS PASSIONS À TABLE ?
EDMOND, IL PARAÎT QUE TU TRAVAILLES DANS L'USINE DE BOULOGNE ?
OUI, JE SUIS MÉCANICIEN SOUDEUR.
ET QUE NOUS PRÉVOIT LA RÉGIE POUR L'ANNÉE PROCHAINE ?
JE NE DEVRAIS PAS EN PARLER, MAIS J'AI VU UN PROTOTYPE SORTIR DE L'ATELIER ET LES GARS D'CHEZ CITROËN VONT RONGER LEUR FREIN !
VOUS AVEZ BIEN CHOISI VOTRE VOIE. L'AUTOMOBILE, C'EST L' AVENIR DE LA FRANCE. J'ESPÈRE CEPENDANT QUE VOUS AVEZ DES PERSPECTIVES D'AVANCEMENT, CE N'EST PAS AVEC VOTRE SALAIRE D'OUVRIER QUE VOUS POURREZ ENTRETENIR MA FILLE.

MAIS PERSONNE N'A À M'ENTRETENIR ! JE TRAVAILLE ET JE TOUCHE MON PROPRE ARGENT.
C'EST BIEN POUR T'OCCUPER, MAIS COMMENT FERAS-TU QUAND TU AURAS UN ENFANT POUR CONTINUER À TRAVAILLER ? REGARDE TA SOEUR, ELLE S'EST TROUVÉ UN RICHE AMÉRICAIN QUI POURRA SUBVENIR À SES BESOINS.
JE VOUS RASSURE, J'AI POSTULÉ POUR UNE PLACE AU BUREAU D'ÉTUDES À LA DEMANDE DE MON CHEF. D'ICI QUELQUES MOIS, JE POURRAI TRAVAILLER À LA CONCEPTION DE NOUVEAUX MODÈLES.
CE QU'IL NOUS FAUDRAIT, C'EST DES VOITURES CAPABLES DE ROULER SUR LA NEIGE COMME SUR LE BITUME. CHAQUE ANNÉE, C'EST UN CALVAIRE DE MONTER JUSQU'À CHAMONIX.
TU AS SANS DOUTE RAISON, MAIS J'AI JAMAIS QUITTÉ PARIS, ALORS LA NEIGE, MOI...
TU N'AS JAMAIS VU DE MONTAGNES ?
SI... EN PHOTO. MAIS JE NE SUIS JAMAIS ALLÉ PLUS HAUT QU'LES BUTTES. QU'EST-CE QUE VOUS LEUR TROUVEZ DE SI SPÉCIAL ?
LA MONTAGNE, C'EST L'ESSENCE DE NOTRE FAMILLE, DEPUIS TATIE HENRIETTE.
LA PREMIÈRE FEMME À AVOIR RÉUSSI L'ASCENSION DU MONT BLANC PAR SES PROPRES MOYENS. UNE FEMME FIÈRE ET TÊTUE UN PEU COMME OLYMPE ET QUI AIMAIT LA MONTAGNE... COMME VOUS APPRENDREZ À L' AIMER, J'EN SUIS SÛR.
MA MÈRE ÉTAIT FASCINÉE PAR HENRIETTE. QUAND NOUS ÉTIONS PETITES, ELLE NOUS LISAIT SES CARNETS D'ASCENSION, NOUS APPRENAIT À GRIMPER POUR QUE NOUS PUISSIONS UN JOUR RÉITÉRER SON EXPLOIT. MAIS MAMAN EST MORTE AVANT QUE NOUS SOYONS EN ÂGE DE LA SUIVRE.
JE COMPRENDS MIEUX TA PASSION, MAINTENANT.

MARS 1950.
AVENUE MONTAIGNE, PARIS.
OLYMPE, Y A UN BEAU GARÇON QUI TE DEMANDE EN BAS.
EDMOND, QU'EST-CE QUE TU FAIS LÀ ?
T'ES AU COURANT POUR ÇA ?
ILS M'ENVOIENT À CHAMONIX, CHEZ LES CHASSEURS ALPINS ! ON DIT QUE C'EST LES PLUS DURS ! J'SUIS SÛR QUE C'EST UN COUP DE TON PÈRE.
ORDRE D'APPEL SOUS LES DRAPEAUX
LE GÉNÉRAL A DÎNÉ À LA MAISON LE MOIS DERNIER, ILS ONT DÛ EN DISCUTER. AU MOINS, C'EST PAS L'INDOCHINE. QUAND PARS-TU ?
DEMAIN.

MESSIEURS, AU 13E, NOUS ALLONS FAIRE DE VOUS DES HOMMES ET DES COMBATTANTS CRAINTS PAR L'ENNEMI.
ÉCOLE MILITAIRE HAUTE MONTAGNE
QU'EST-CE QU'ILS NOUS ONT MIS C'T'ANNÉE COMME CITADINS !
ON SE CROIRAIT SUR LES CHAMPS-ÉLYSÉES.
ET TOI TU VIENS D'OÙ ?
AH ! DONC T'ES PARIGOT !
QU'EST-CE QUE ÇA PEUT TE FAIRE ?
HA ! HA !
TIENS, J'TE PARIE QU'CEUX-LÀ CONNAISSENT MÊME PAS LA COULEUR D'UN CUL DE BOUQUETIN !
PAR CONTRE, ILS EN ONT L'ODEUR !
HA ! HA ! HA !
ALLEZ, BLEU-BITE ! PLUS VITE, T'ES PAS ENCORE AU SOMMET.
TU VAS PAS LÂCHER MAINTENANT. PAS TANT QU'T'ES SOUS MON COMMANDEMENT, L'PARIGOT.
ÇA AURAIT ÉTÉ BÊTE DE RATER ÇA, QUAND MÊME !

QUI FAIT SON PREMIER 3000 PARMI VOUS ?
ON A UNE TRADITION CHEZ LES CHASSEURS ALPINS, SORTEZ VOS GODETS ET BAISSEZ VOS FROCS QUE JE VOUS L'EXPLIQUE !
ET JE NE VEUX PAS VOIR UNE SEULE GOUTTE DE GÉNÉPI SUR LA NEIGE, C'EST COMPRIS ?
♪ L'AIR PUR DE LA MONTAGNE NOUS REND FIERS ET JOYEUX GRAVISSANT LA ROCAILLE NOUS GRIMPONS JUSQU'AUX CIEUX. ♪
♪ IL S'AGIT DE SAVOIR SI L'ENNEMI DANGEREUX ♪ N'A PAS BIEN AVANT NOUS DÉJÀ PRIS LE POINT PRÉCIEUX.
♪ OUI OUI OUI, C'ÉTAIT UN EDELWEISS, UN GENTIL EDELWEISS QUI NOUS GUIDAIT LÀ-HAUT POUR UN DERNIER ASSAUT. ♪

ON VA S'ARRÊTER LÀ. SI ON CONTINUE, ON VA MOURIR GELÉS. SORTEZ VOS PELLES, ON VA SE CREUSER UN ABRI.
METTEZ VOS PIEDS DANS VOS TARTES, LES GARS, VOUS AUREZ MOINS FROID.
PASSE-MOI LE GÉNÉPI.
QU'EST-CE QU'ON FAIT MAINTENANT ?
ON SE DÉPÊCHE D'ATTENDRE.
ATTENDRE, C'EST LE VRAI MÉTIER DU SOLDAT.

Olympe, mon amour.
i bien reçu ta dernière lettre
n'annonçait ta venue la semaine
aine durant ma permission
lle m'a transporté de joie

HAMBÈRY
S-LES-EAUX
ENFIN, J'ATTENDS CE MOMENT DEPUIS TELLEMENT LONGTEMPS.
MOI AUSSI ! J'AVAIS TELLEMENT HÂTE D'ARRIVER. J'AI PRÉVU UN TAS D'ITINÉRAIRES À SUIVRE ET...
TU NE VEUX PAS TE REPOSER UN PEU ? LE VOYAGE EST LONG DEPUIS PARIS.
TU RIGOLES ? JE SUIS TROP EXCITÉE ! JE POSE MES VALISES À L'HÔTEL ET EN ROUTE.
TU ES SÛRE QUE TU NE VEUX PAS PROFITER UN PEU PLUS DE NOS RETROUVAILLES ? J'AVAIS COMME UNE PETITE IDÉE DERRIÈRE LA TÊTE...
JE VEUX BIEN FAIRE UN EFFORT, MAIS DEMAIN, TU N'Y COUPERAS PAS.
AU BON VIN
HOTEL DES VOYAGEURS
B QUAI
À VOS ORDRES, MA DAME.
FIE

TU ES PRÊT ?
PRÊT À T'ATTENDRE QUAND JE SERAI AU SOMMET.
ÇA, C'EST CE QU'ON VERRA !
ET FAIS QUAND MÊME ATTENTION À BIEN SÉCURISER TA...
ALORS, TU VIENS OU TU CONTINUES À RADOTER TOUT SEUL !

JE COMMENÇAIS À M'ENNUYER, HÉHÉ !
OH ! ÇA VA !
BLAGUE À PART, GRIMPER ICI, ÇA ME RAPPELLE MON ENFANCE.
COMMENT ÇA ?
C'EST ICI QUE J'AI APPRIS L'ESCALADE AVEC MA MÈRE, AVANT LA GUERRE.
ELLE CONNAISSAIT TOUT, LE NOM DES SOMMETS, DES PLANTES, DES ANIMAUX. ÇA ME FASCINAIT.
ELLE ME RACONTAIT AUSSI DES ANECDOTES SUR HENRIETTE ET SUR SES AVENTURES. J'AVAIS L'IMPRESSION DE LA VOIR, TOUT LÀ-HAUT, PARCOURANT LA CRÊTE, À GRANDES ENJAMBÉES.
SI J'AVAIS PLUS DE JOURS DE PERM, ON SERAIT DÉJÀ LÀ-HAUT TOUS LES DEUX...
NE T'EN FAIS PAS, ON A TOUTE LA VIE DEVANT NOUS POUR Y ARRIVER.
BON, PAS LE TEMPS DE S'ARRÊTER, LE TEMPS SE COUVRE DÉJÀ ET NOUS AVONS ENCORE DE LA MARCHE JUSQU'AU REFUGE.

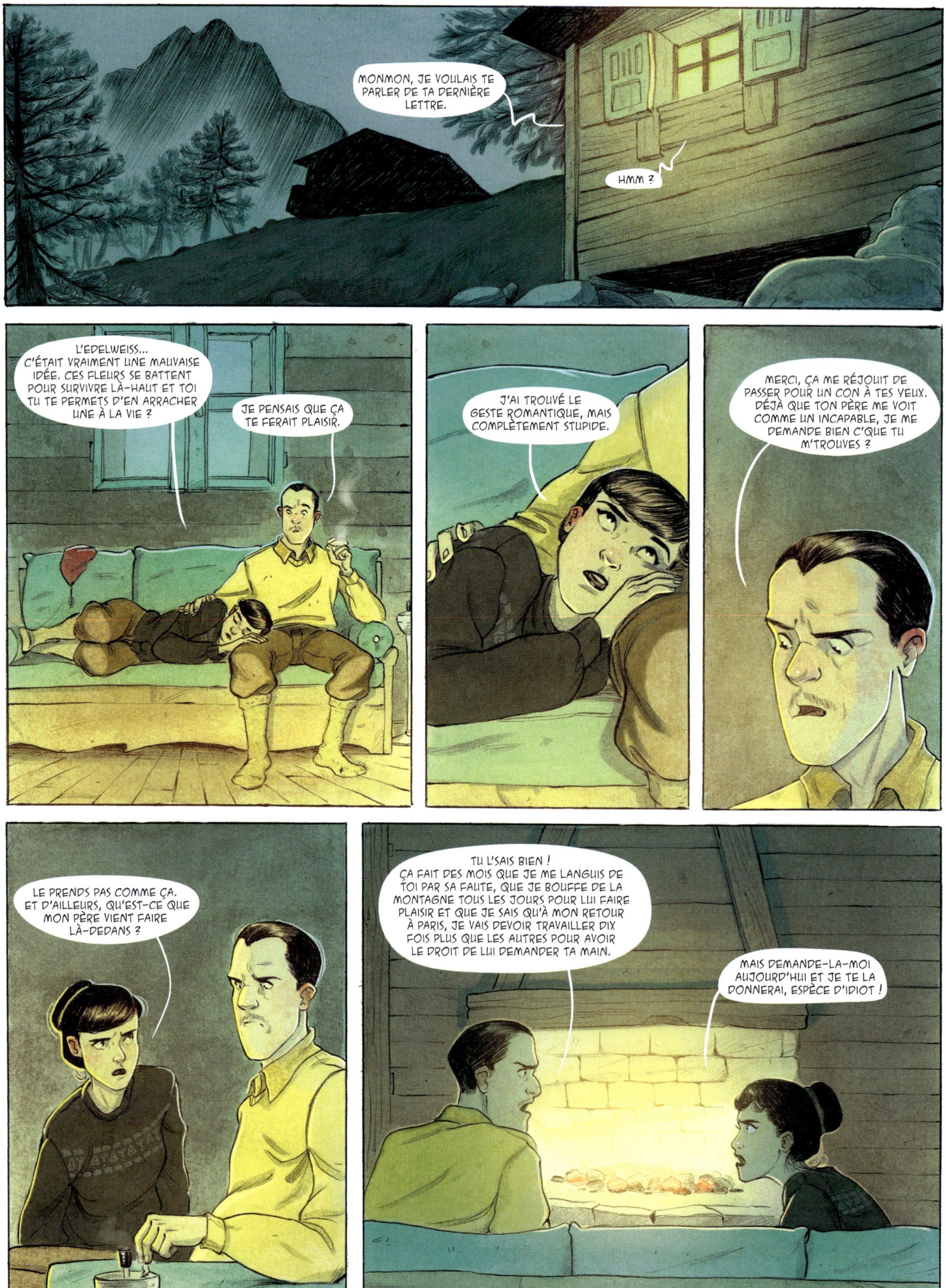
MONMON, JE VOULAIS TE PARLER DE TA DERNIÈRE LETTRE.
HMM ?
L'EDELWEISS... C'ÉTAIT VRAIMENT UNE MAUVAISE IDÉE. CES FLEURS SE BATTENT POUR SURVIVRE LÀ-HAUT ET TOI TU TE PERMETS D'EN ARRACHER UNE À LA VIE ?
JE PENSAIS QUE ÇA TE FERAIT PLAISIR.
J'AI TROUVÉ LE GESTE ROMANTIQUE, MAIS COMPLÈTEMENT STUPIDE.
MERCI, ÇA ME RÉJOUIT DE PASSER POUR UN CON À TES YEUX. DÉJÀ QUE TON PÈRE ME VOIT COMME UN INCAPABLE, JE ME DEMANDE BIEN C'QUE TU M'TROUVES ?
LE PRENDS PAS COMME ÇA. ET D'AILLEURS, QU'EST-CE QUE MON PÈRE VIENT FAIRE LÀ-DEDANS ?
TU L'SAIS BIEN ! ÇA FAIT DES MOIS QUE JE ME LANGUIS DE TOI PAR SA FAUTE, QUE JE BOUFFE DE LA MONTAGNE TOUS LES JOURS POUR LUI FAIRE PLAISIR ET QUE JE SAIS QU'À MON RETOUR À PARIS, JE VAIS DEVOIR TRAVAILLER DIX FOIS PLUS QUE LES AUTRES POUR AVOIR LE DROIT DE LUI DEMANDER TA MAIN.
MAIS DEMANDE-LA-MOI AUJOURD'HUI ET JE TE LA DONNERAI, ESPÈCE D'IDIOT !

TU COMPRENDS PAS, SI ON SE MARIE COMME ÇA, ÇA TE COUPERA DE TA FAMILLE ET JE NE VEUX PAS QUE ÇA SOIT DE MA FAUTE. IL NE LAISSERA JAMAIS UN PROLO LUI PRENDRE SA FILLE CHÉRIE ET C'EST À MOI DE LUI PROUVER CE QUE JE VAUX.
MAIS JE SUIS QUOI POUR TOI ? UNE MÉDAILLE À ACCROCHER À TON VESTON POUR MONTRER QUE TU AS FAIT TES PREUVES ? UN MARIAGE C'EST UN ACTE D'AMOUR, PAS D'ASCENSION SOCIALE !
PEUT-ÊTRE PAS POUR TOI PARCE QUE TU AS DÉJÀ TOUT, MAIS MOI JE SUIS UN TYPE À L'ANCIENNE ET JE DOIS PROUVER À TON PÈRE QUE JE TE MÉRITE ! ON S'MARIERA QUAND J'AURAI UNE SITUATION ET PUIS C'EST TOUT.
C'EST LUI QUE TU DEVRAIS ÉPOUSER ALORS ! ET NE T'AVISE PAS DE ME REJOINDRE CE SOIR, TU DORMIRAS SUR LE CANAPÉ, PAUVRE TYPE.
MAIS OLYMPE...

OLYMPE, JE NE SAVAIS PAS QUE TU ÉTAIS ICI ! TU ES VENUE VOIR EDMOND ? IL N'EST PAS AVEC TOI ?
NON... JE NE VOULAIS PAS QU'IL M'ACCOMPAGNE.
ÇA VA PAS FORT ENTRE VOUS, ON DIRAIT...
JE N'AI PAS ENVIE D'EN PARLER.
ET TOI, QU'EST-CE QUE TU FAIS LÀ ?
J'AI ÉTÉ APPELÉ POUR FAIRE MES CLASSES ICI.
JE VOIS QUE PAPA A ENCORE FRAPPÉ !
OUI, MAIS C'EST MOI QUI LE LUI AI DEMANDÉ. LES CHASSEURS ALPINS, C'EST LA MEILLEURE ÉCOLE POUR LES MONTAGNARDS. ET PUIS JE SERAI EN BONNE COMPAGNIE AVEC EDMOND...
SI TU LE DIS...
LES VOYAGEURS POUR PARIS, EN VOITURE !
JE DOIS Y ALLER. FAIS ATTENTION À TOI, JEAN.
J'Y COMPTE BIEN.

TU VIENS, ON VA TOUTES AU CAFÉ DE FLORE, IL PARAÎT QUE SIMONE DE BEAUVOIR DÉDICACE SON LIVRE.
QUI ÇA ?
À FORCE D'AVOIR LA TÊTE DANS LE TRAVAIL, TU NE VOIS PLUS CE QUI SE PASSE AUTOUR DE TOI. LA RÉVOLUTION DES FEMMES EST EN MARCHE. ALLEZ, EN ROUTE !
Café de Flore
Y EN A ENCORE POUR DEUX BONNES HEURES DE QUEUE ET ÇA FAIT DÉJÀ UNE HEURE QU'ON POIREAUTE ! J'AURAI JAMAIS LE TEMPS DE REVENIR AU TRAVAIL À L'HEURE.
MOI NON PLUS, ET JE SUIS À COURT D'EXCUSES AVEC LE PATRON !
JE NE TRAVAILLE PAS CETTE APRÈS-MIDI, JE PEUX RESTER ET LES FAIRE DÉDICACER POUR VOUS.
CAFE DE FLORE
SALLE AU 1er
CAFÉ DE FLORE
TU ES UN AMOUR, OLYMPE, ET N'HÉSITE PAS À Y JETER UN COUP D'OEIL, ÇA VAUT LE DÉTOUR !

ET VOUS, VOUS NE VOULIEZ PAS VOTRE DÉDICACE ?
JE SUIS DÉSOLÉE, J'ÉTAIS COMPLÈTEMENT ABSORBÉE. J'IMAGINE QUE L'AUTEURE EST PARTIE ?
NON, ELLE EST FACE À VOUS ET ÇA LUI FAIT PLAISIR DE VOIR UNE LECTRICE AUSSI ASSIDUE.
QU'EN PENSEZ-VOUS ?
JE N'EN AI LU QUE LA MOITIÉ, MAIS J'AI L'IMPRESSION QUE VOUS RÉPONDEZ À BEAUCOUP DE QUESTIONS QUE JE ME POSE, QUE VOUS METTEZ EN MOTS UN COMBAT QUI M'ANIME DEPUIS LONGTEMPS.
J'AI BIEN PEUR QU'EN EN PRENANT CONSCIENCE, VOUS NE VOUS RENDIEZ COMPTE QUE NOTRE COMBAT NE FAIT QUE COMMENCER. À QUEL NOM ?
OLYMPE.
COMME OLYMPE DE GOUGES ? VOUS AVEZ LÀ UNE HOMONYME QUI A FAIT AUTANT POUR LES DROITS DE LA FEMME QUE JE SOUHAITERAI LE FAIRE.
EH BIEN BONNE SOIRÉE OLYMPE ET BONNE LECTURE. N'HÉSITEZ PAS À REVENIR ME DIRE CE QUE VOUS EN AVEZ PENSÉ QUAND VOUS L' AUREZ FINI.

TOC TOC
EDMOND ? QU'EST-CE QUE TU FAIS LÀ ?
JE SUIS VENU DIRECTEMENT DEPUIS LA GARE. JE VOULAIS TE VOIR, OLYMPE. JE N'AI PAS ARRÊTÉ DE PENSER À TOI, À LA FAÇON DONT ON S'EST QUITTÉS.
TU ADMETS QUE TU T'ES CONDUIT COMME UN IDIOT ?
LE ROI DES CRÉTINS.
ÉCOUTE-MOI BIEN, EDMOND. SI TU ME VEUX, C'EST MAINTENANT, COMME JE SUIS ET POUR LA VIE. SINON, TU PEUX TOUJOURS ATTENDRE QUE MON PÈRE VALIDE, MAIS JE SERAI DÉJÀ LOIN.
JE T'AIME, OLYMPE, TU ES CE QUI M'EST ARRIVÉ DE MIEUX. ÉPOUSE-MOI ET JE FERAI TOUT CE QUI EST EN MON POUVOIR POUR TE RENDRE HEUREUSE.

LIVRE II

PARIS, 1956, SERVICE DE GYNÉCOLOGIE DE L'HÔPITAL NECKER.
OLYMPE, JE N'AI PAS UNE BONNE NOUVELLE. VOTRE UTÉRUS EST RÉTROVERSÉ.
MON UTÉRUS EST QUOI ???
RÉTROVERSÉ. IL PENCHE VERS L'ARRIÈRE, SI VOUS PRÉFÉREZ.
C'EST POUR ÇA QUE JE N'ARRIVE PAS À CONCEVOIR ?
C'EST UNE RAISON VALABLE EN TOUT CAS, MAIS PEUT-ÊTRE PAS LA SEULE.
C'EST TRÈS IMPORTANT POUR MON MARI, VOUS SAVEZ. IL PENSE QUE C'EST SA FAUTE ET J'AIMERAIS POUVOIR LE RASSURER.
TOUT CE QUE JE PEUX VOUS DIRE, C'EST QUE VOTRE PROBLÈME EST MÉCANIQUE. L'ACCÈS DU SPERME AUX OVULES EST BLOQUÉ CAR VOTRE UTÉRUS EST REPLIÉ SUR LUI-MÊME. JE NE PEUX PAS ME PRONONCER SUR LA FERTILITÉ DE VOTRE MARI, MAIS SACHEZ QUE VOTRE CAS N'EST PAS DÉSESPÉRÉ.
QUE PUIS-JE FAIRE ALORS ?
MÉDICALEMENT JE NE PEUX RIEN POUR VOUS, MAIS SI VOUS VOULEZ UN CONSEIL PERSONNEL... VOUS DEVRIEZ ESSAYER DE SAUTER TOUS LES JOURS DEPUIS VOTRE CHAISE.
VOUS VOUS MOQUEZ DE MOI, DOCTEUR ?
ABSOLUMENT PAS. COMME JE VOUS LE DISAIS, C'EST UN PROBLÈME MÉCANIQUE. LA SOLUTION L'EST TOUT AUTANT. EN PRODUISANT UN CHOC, IL Y A UNE CHANCE QUE VOTRE UTÉRUS SE REMETTE EN PLACE.
ÇA VOUS FERA 400 FRANCS.

E. BERNAR
HONORÉ ?
TABAC
SALUT OLYMPE.
QU'EST-CE QUE TU FAIS LÀ ? TU NE TRAVAILLES PAS AUJOURD'HUI ?
NON... ENFIN SI, MAIS JE SAIS PLUS TROP... ON A EU DES MOTS AVEC EDMOND ET J'AI CLAQUÉ LA PORTE.
J'AI DU MAL À VOUS IMAGINER EN TRAIN DE VOUS DISPUTER TOUS LES DEUX, ÇA DOIT PAS ÊTRE SI GRAVE QUE ÇA ?
ÇA L'EST ! ON N'SE COMPREND PLUS. IL EST LÀ AVEC SON BEAU COSTUME, À NOUS DONNER DES ORDRES. IL A OUBLIÉ D'OÙ IL VENAIT, IL EST DEVENU COMME...
... COMME MON PÈRE, JE SAIS, JE SUIS AUX PREMIÈRES LOGES. C'EST PAS FACILE EN CE MOMENT À LA MAISON POUR MOI NON PLUS. IL VEUT QUE J'ARRÊTE DE TRAVAILLER, QUE JE LUI FASSE LA POPOTE ET DES ENFANTS, MAIS CE N'EST PAS MOI...
ET PIS C'EST PAS ÇA QUI REND UN HOMME HEUREUX, JE T'ASSURE. DEPUIS QUE JE SUIS RENTRÉ D'INDOCHINE, J'AI L'IMPRESSION DE JOUER DANS UN MAUVAIS FILM. TOUS LES JOURS À TRIMER DIX HEURES À L'ATELIER, POUR RENTRER DANS UN TAUDIS RETROUVER UNE MÉGÈRE ET DES MARMOTS QUE JE VOULAIS PAS... NE TE MÉPRENDS PAS, JE LES AIME MES GOSSES, MAIS ILS M'ONT VOLÉ MA VIE.

BON, ÇA VA PAS FORT, NOUS DEUX. J'AI BIEN BESOIN D'UN VERRE, TU M'ACCOMPAGNES ?
JE NE PRÉFÈRE PAS. TU NE M'AIMERAS PAS QUAND J'AI BU. L'ALCOOL, ÇA FAIT REMONTER DES CHOSES QUE J'AURAIS PRÉFÉRÉ ENTERRER À DIÊN BIÊN PHU ET JE NE VEUX PAS QUE TU ME VOIES COMME ÇA.
JE COMPRENDS. EN TOUT CAS TU SAIS QUE TU ES TOUJOURS LE BIENVENU À LA MAISON. ET JE PARLERAI À MONMON CE SOIR, POUR LUI REMETTRE LES PIEDS SUR TERRE.
AVEC LES CHEVILLES QU'IL SE PAYE EN CE MOMENT, J'AI PEUR QU'IL TE FAILLE DU PLUS SOLIDE QU'UNE DISCUSSION... J'AI UN MARTEAU DANS MA BESACE SI TU VEUX ?
ÇA M'A FAIT PLAISIR DE TE VOIR. PRENDS SOIN DE TOI.
SUZE

ERIE DES STAIQUES
MANMAN, ZE VEUX DE LA BRIOSSE !
PAIN
DE LA BRIOSSE ET AUSSI UN ÉCLAIR AU SOCOLAT !
TU ES BIEN GOURMANDE, JEUNE FILLE, JE ME DEMANDE DE QUI TU TIENS ÇA ?
TU SAIS CE QUI ME FAIT ENVIE À MOI ? C'EST DES PETITS BERLINGOTS DE TOUTES LES COULEURS.
OH OUI ! DES BERLINGOTS ET DE LA BRIOSSE AUSSI !
TU AURAS TOUT CE QUE TU VEUX, MA PETITE CHÉRIE.
MERCI MANMAN, ZE T'AIME.
404
C'EST ELLE ?
OUI !
OLYMPE ?

JAMAIS UNE PLACE DE LIBRE DANS CETTE SATANÉE VILLE.
ET EN PLUS, IL PLEUT !
DÉSOLÉ DE RENTRER SI TARD, MA CHÉRIE, J'AI BIEN DÛ TOURNER UNE HEURE POUR TROUVER DE LA PLACE.
MAIS JE SUIS HEUREUX DE TE RETROUVER. ON VA ENFIN POUVOIR PASSER UNE SOIRÉE AU CALME TOUS LES DEUX ! J'AI EU UNE JOURNÉE ÉREINTANTE.
JUSTEMENT, J'AI ESSAYÉ DE T'APPELER POUR TE PRÉVENIR, MAIS TU ÉTAIS DÉJÀ PARTI. TU NE DEVINERAS JAMAIS QUI EST PASSÉ NOUS VOIR ?

JEANNOT, QU'EST-CE QUE TU FAIS LÀ ?
JE SUIS DE PASSAGE À PARIS ET J'AVAIS ENVIE DE VOUS VOIR. TIENS, JE TE PRÉSENTE FRANÇOIS, UN COPAIN ALPINISTE.
JEAN M'EN A RACONTÉ DE BELLES SUR VOTRE SERVICE MILITAIRE DURANT TOUT LE TRAJET DEPUIS BRUXELLES. J'AI L'IMPRESSION DE DÉJÀ TE CONNAÎTRE.
FAUT PAS CROIRE À SES HISTOIRES... JE SUIS BIEN PIRE QUE TOUT CE QU'IL A PU RACONTER SUR MOI.
JEANNOT, TU DONNES JAMAIS DE NOUVELLES, QU'EST-CE QUE TU DEVIENS ?
JE VIS À BRUXELLES, LE TEMPS DE FINIR MES ÉTUDES, MAIS CE N'EST PAS TRÈS IMPORTANT. CE QUI EST IMPORTANT, C'EST CE QU'ON S'APPRÊTE À FAIRE AVEC FRANÇOIS.
TU M'INTRIGUES.
ACCROCHE-TOI BIEN, ON VA PASSER NOËL AU SOMMET DU MONT BLANC !

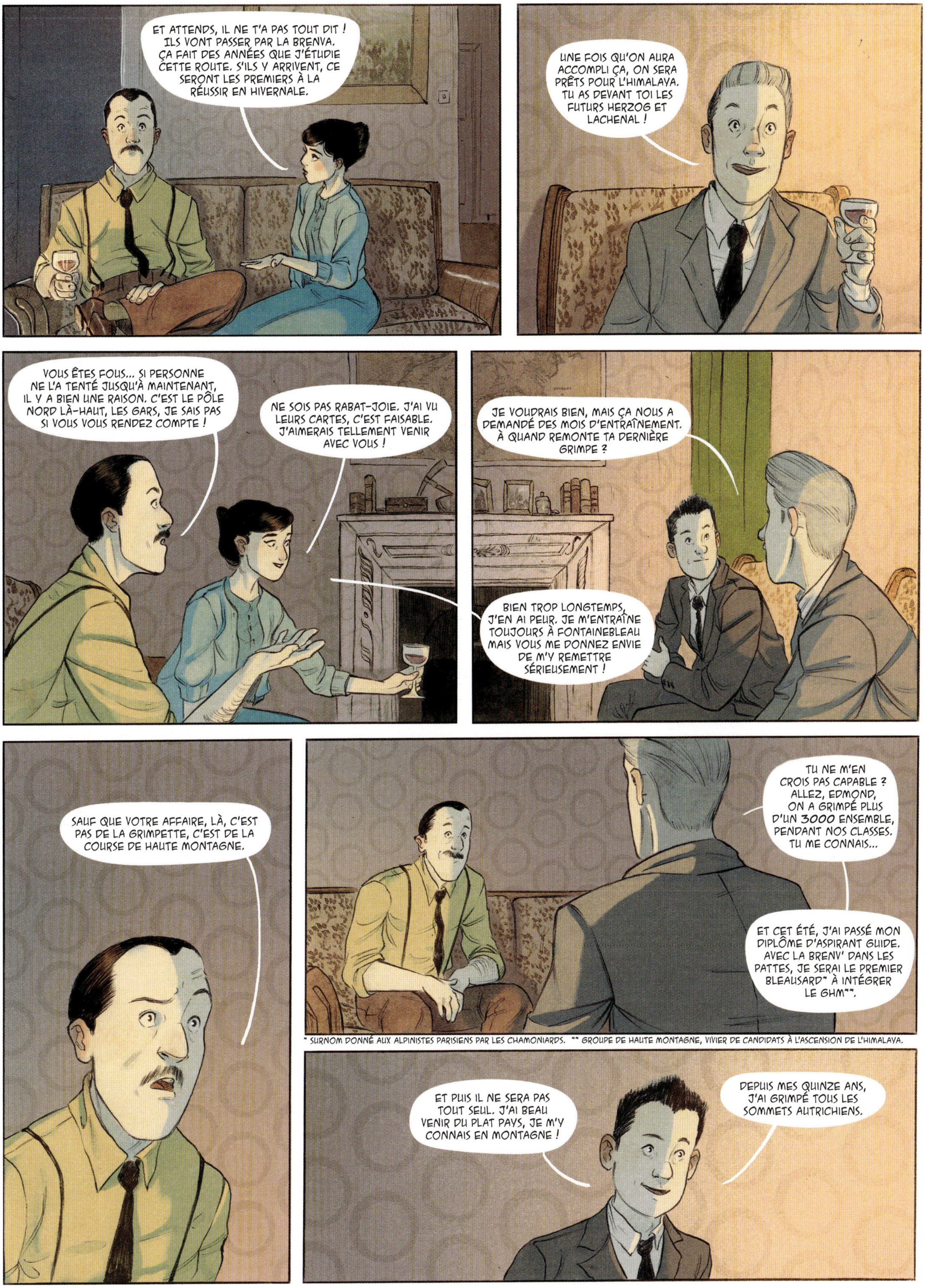

* SURNOM DONNÉ AUX ALPINISTES PARISIENS PAR LES CHAMONIARDS. ** GROUPE DE HAUTE MONTAGNE, VIVIER DE CANDIDATS À L'ASCENSION DE L'HIMALAYA.

* NOM ALLEMAND DU MONT CERVIN.

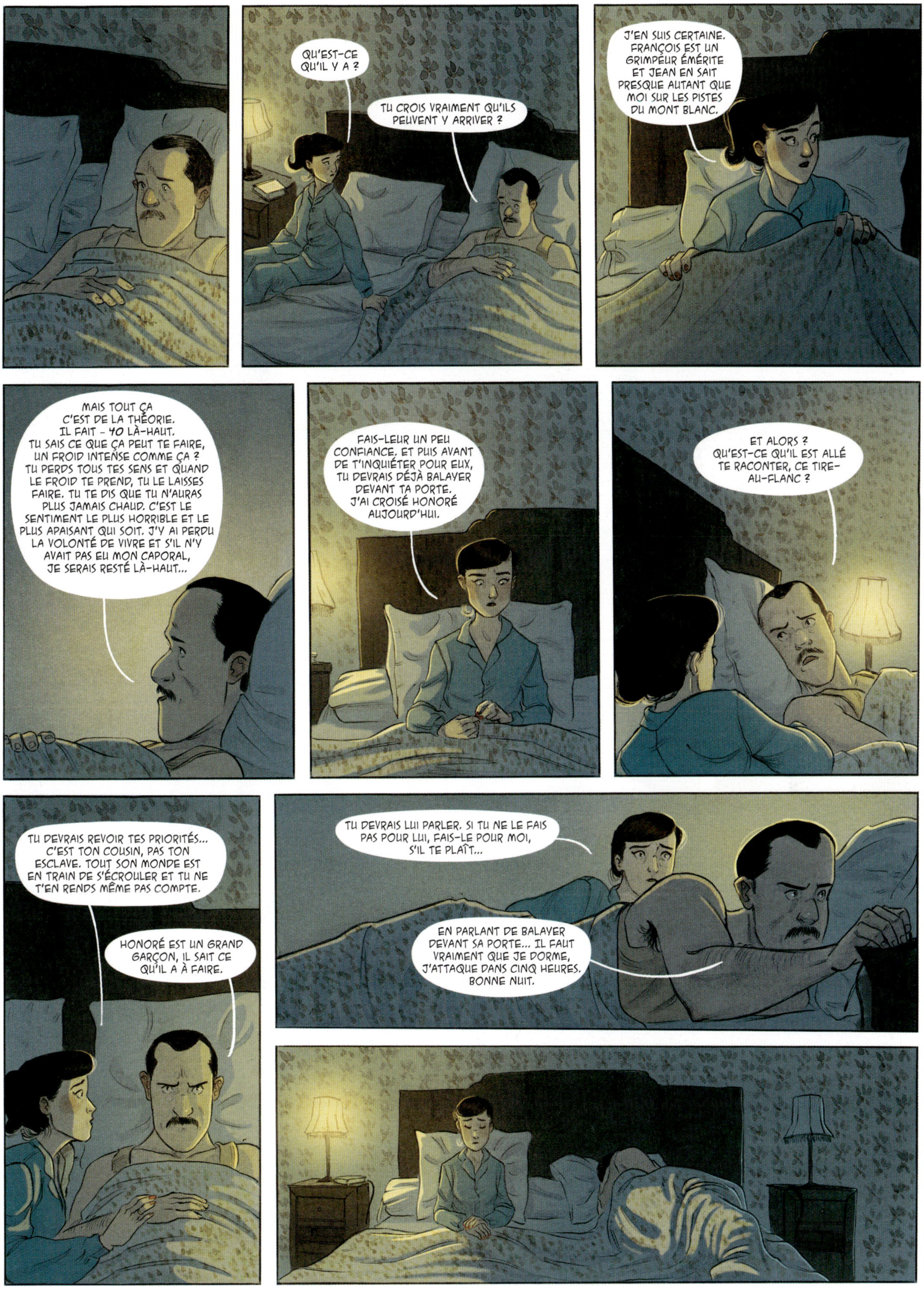
QU'EST-CE QU'IL Y A ?
TU CROIS VRAIMENT QU'ILS PEUVENT Y ARRIVER ?
J'EN SUIS CERTAINE. FRANÇOIS EST UN GRIMPEUR ÉMÉRITE ET JEAN EN SAIT PRESQUE AUTANT QUE MOI SUR LES PISTES DU MONT BLANC.
MAIS TOUT ÇA C'EST DE LA THÉORIE. IL FAIT - 40 LÀ-HAUT. TU SAIS CE QUE ÇA PEUT TE FAIRE, UN FROID INTENSE COMME ÇA ? TU PERDS TOUS TES SENS ET QUAND LE FROID TE PREND, TU LE LAISSES FAIRE. TU TE DIS QUE TU N'AURAS PLUS JAMAIS CHAUD. C'EST LE SENTIMENT LE PLUS HORRIBLE ET LE PLUS APAISANT QUI SOIT. J'Y AI PERDU LA VOLONTÉ DE VIVRE ET S'IL N'Y AVAIT PAS EU MON CAPORAL, JE SERAIS RESTÉ LÀ-HAUT...
FAIS-LEUR UN PEU CONFIANCE. ET PUIS AVANT DE T'INQUIÉTER POUR EUX, TU DEVRAIS DÉJÀ BALAYER DEVANT TA PORTE. J'AI CROISÉ HONORÉ AUJOURD'HUI.
ET ALORS ? QU'EST-CE QU'IL EST ALLÉ TE RACONTER, CE TIRE-AU-FLANC ?
TU DEVRAIS REVOIR TES PRIORITÉS... C'EST TON COUSIN, PAS TON ESCLAVE. TOUT SON MONDE EST EN TRAIN DE S'ÉCROULER ET TU NE T'EN RENDS MÊME PAS COMPTE.
HONORÉ EST UN GRAND GARÇON, IL SAIT CE QU'IL A À FAIRE.
TU DEVRAIS LUI PARLER. SI TU NE LE FAIS PAS POUR LUI, FAIS-LE POUR MOI, S'IL TE PLAÎT...
EN PARLANT DE BALAYER DEVANT SA PORTE... IL FAUT VRAIMENT QUE JE DORME, J'ATTAQUE DANS CINQ HEURES. BONNE NUIT.

30 DÉCEMBRE 1956.
ÇA FAIT UNE SEMAINE QU'ILS SONT COINCÉS LÀ-HAUT ET LA TEMPÊTE NE FAIBLIT PAS.
PAPA, TU CONNAIS JEAN, C'EST UN MONTAGNARD AGUERRI. JE SUIS SÛRE QU'ILS ONT TROUVÉ UN MOYEN DE SE METTRE À L'ABRI.
QUAND MÊME, JE NE SUIS PAS RASSURÉE.
JE SOUHAITERAIS CONTACTER LA GENDARMERIE NATIONALE DE CHAMONIX, S'IL VOUS PLAÎT.
BONSOIR, C'EST MOI QUI VOUS AI PRÉVENU AU SUJET DES ALPINISTES BLOQUÉS SUR LE MONT BLANC ET J'ESPÉRAIS QUE VOUS POURRIEZ ME DONNER DES INFORMATIONS SUR VOS PLANS DE SAUVETAGE.
JE COMPRENDS, OUI. ET QUAND PART LA PROCHAINE CARAVANE ?
MERCI POUR CES INFORMATIONS. JE VOUS RECONTACTE DÈS QUE JE SUIS SUR PLACE.

* SIKORSKY S55 : HÉLICOPTÈRE MILITAIRE UTILISÉ PAR L'ARMÉE DANS LES MISSIONS DE SAUVETAGE EN MONTAGNE.

REGARDEZ, C'EST LE SIKORSKY ! IL A DÛ S'ÉCRASER. NE PERDONS PAS DE TEMPS.

CEUX QUI PEUVENT MARCHER, NOUS ALLONS VOUS ENCORDER ET VOUS CONDUIRE JUSQU'AU REFUGE.
OLYMPE, ILS SONT LÀ !
JEAN, C'EST MOI. EST-CE QUE ÇA VA ?
RIEN À FAIRE POUR CES DEUX-LÀ, ILS SONT À BOUT DE FORCES ET NOUS NE POUVONS PAS RESTER ICI PLUS LONGTEMPS. NOUS ALLONS LES METTRE AU SEC DANS L'HÉLICO, EN ATTENDANT DE POUVOIR REVENIR.
JE VAIS LEUR LAISSER NOS PROVISIONS.
TROP DANGEREUX. SI NOUS SOMMES BLOQUÉS À NOTRE TOUR, NOUS N'AURONS PLUS RIEN POUR TENIR.

NOUS DEVONS PARTIR, MAIS NOUS ALLONS VOUS LAISSER DES COUVERTURES ET NOUS REVIENDRONS DÈS QUE LA TEMPÊTE SE SERA LEVÉE. EST-CE QUE VOUS COMPRENEZ ?
OLYMPE, IL FAUT Y ALLER, LES SOLDATS NE TIENDRONT PAS LONGTEMPS.
JE REVIENDRAI TE CHERCHER, JEAN, JE TE LE PROMETS.

DONG
DONG
JE SAIS À QUOI TU PENSES, MAIS TU N'ES PAS RESPONSABLE DE CE QUI EST ARRIVÉ.
MAIS SI JE N'AVAIS PAS ÉTÉ AVEUGLÉE PAR MON PROPRE DÉSIR DE LES VOIR RÉUSSIR, J'AURAIS PEUT-ÊTRE PU LES RAISONNER.
JEAN T'AURAIT RI AU NEZ, COMME IL L'A FAIT AVEC MOI. NOUS AVONS FAIT CE QUE NOUS AVONS PU POUR LES SAUVER.
JE N'ARRIVE PAS À OUBLIER SON REGARD, LÀ-HAUT... IL ÉTAIT RÉSIGNÉ À ABANDONNER SON RÊVE, NOTRE RÊVE D'ENFANT. À PRÉSENT IL NE RESTE PLUS GRAND MONDE DANS LA FAMILLE POUR VAINCRE LE SOMMET...
TU VEUX PERSÉVÉRER DANS CE PROJET DÉMENT ? MAIS CETTE MONTAGNE T'A DÉJÀ PRIS TA MÈRE ET MAINTENANT TON COUSIN. IL SERAIT TEMPS QUE TU REDESCENDES SUR TERRE. ET PUIS TU AS TA COUTURE, C'EST UNE PASSION BIEN MOINS DANGEREUSE.
IL EST TEMPS QUE TU METTES TON ÉNERGIE DANS TA VIE. J'AI BESOIN DE TOI ICI AVEC MOI, PAS LÀ-HAUT AVEC DES FANTÔMES.

SINGER
SINGER
SINGER
SINGER
SINGER

BOULOGNE-BILLANCOURT, 1964
BUREAU D'ÉTUDES AUTOMOBILE.
EDMOND, JE VOUS PRÉSENTE M. CAPARD. IL EST FONDEUR DE CLOCHES ET JE L'AI FAIT VENIR SPÉCIALEMENT D'ANNECY POUR TRAVAILLER SUR LE PROJET DE CLOCHE COMMÉMORATIVE.
ENCHANTÉ, MONSIEUR, C'EST UN PLAISIR DE TRAVAILLER AVEC VOUS.
EDMOND EST NOTRE MEILLEUR CONCEPTEUR ET JE SUIS SÛR QUE VOUS FEREZ DU BON TRAVAIL ENSEMBLE.
J'EN SUIS CERTAIN.
VOUS ÊTES D'ANNECY, C'EST ÇA ? JE CONNAIS BIEN LA RÉGION, J'AI FAIT MES CLASSES À L'EHM.
UN CHASSEUR, HEIN ? TOUJOURS À L'AFFÛT.
VOUS CONNAISSEZ NOTRE DEVISE ? VOUS ÊTES DES NÔTRES ?
NON, MAIS JE TRAVAILLE POUR EUX, JE POSSÈDE UNE MANUFACTURE DE VÊTEMENTS DE MONTAGNE DONT ILS SONT MES PRINCIPAUX CLIENTS. JE VOUDRAIS M'OUVRIR AU GRAND PUBLIC MAIS J'AI PEUR D'ÊTRE UN PEU TROP AUSTÈRE.
SI ÇA VOUS INTÉRESSE D'AVOIR UN AVIS PROFESSIONNEL, MA FEMME EST COUTURIÈRE ET PRÉSENTE SA PREMIÈRE COLLECTION CE SOIR, SI ÇA VOUS DIT DE M'ACCOMPAGNER...
AVEC PLAISIR ! JE N'AI PAS SOUVENT L'OCCASION DE VENIR À PARIS ET DE PROFITER DES MONDANITÉS.

C'EST UN SCANDALE !
DES FEMMES EN PANTALONS ! ON AURA TOUT VU. C'EST UNE BLAGUE, PAS DE LA HAUTE COUTURE.

C'EST UNE CATASTROPHE.
NE DIS PAS ÇA... J'EN AI ENTENDU DIRE QUE TU ÉTAIS EN AVANCE SUR TON TEMPS, C'EST PLUTÔT POSITIF, NON ?
SAUF QU'ON NE VIT PAS DANS LE FUTUR ET QUE J'AI FICHU EN L'AIR MA RÉPUTATION AVEC CETTE COLLECTION... TOUTES MES CLIENTES SONT PARTIES !
IL EST PEUT-ÊTRE TEMPS QUE TU T'EN TROUVES D'AUTRES ! TU VEUX VRAIMENT ÊTRE À LA MODE DE CES VIEILLES ROMBIÈRES ? ALLEZ, SÈCHE TES LARMES, J'AI QUELQU'UN À TE PRÉSENTER.
JE VEUX VOIR PERSONNE...
CROIS-MOI, LUI TU VOUDRAS LE RENCONTRER. SUIS-MOI.

LA VOICI ENFIN, LA TALENTUEUSE OLYMPE ! JE SUIS RAVI DE FAIRE VOTRE CONNAISSANCE.
MOI DE MÊME, MONSIEUR...?
CAPARD, MAIS VOUS POUVEZ M'APPELER JULES. ÉCOUTEZ, JE NE VAIS PAS TOURNER AUTOUR DU POT, J'AI A-DO-RÉ CE QUE J'AI VU CE SOIR. JE POSSÈDE UNE FABRIQUE DE TEXTILE SPÉCIALISÉE DANS LES VÊTEMENTS DE MONTAGNE ET JE SOUHAITERAIS M'ÉLARGIR À UNE CLIENTÈLE PLUS FÉMININE.
VOTRE VISION CORRESPOND À L'ESPRIT QUE JE VOUDRAIS INSUFFLER À CETTE NOUVELLE COLLECTION ET JE SERAIS RAVI DE VOUS ACCUEILLIR DANS MON ÉQUIPE À ANNECY, SI VOUS LE SOUHAITIEZ.
JE... MERCI, MAIS JE NE SAIS PAS QUOI VOUS RÉPONDRE. JE SUIS UN PEU TROUBLÉE CE SOIR.
JE L'ENTENDS BIEN. MAIS SACHEZ QU'AVEC MOI, VOUS AUREZ LES MOYENS DE VOS AMBITIONS. JE VOUS FERAI PARVENIR UNE PROPOSITION, AINSI QU'À EDMOND. LES USINES CAPARD ONT BESOIN D'UN VENT NOUVEAU ET JE SUIS SÛR QUE VOUS SAUREZ L'AMENER AVEC VOUS.
BONNE SOIRÉE À VOUS DEUX.
À DEMAIN, MONSIEUR CAPARD.
MAIS C'EST QUI CE TYPE ?
NOTRE CHANCE DE QUITTER PARIS ! CHAMPAGNE ?
OUI, JE CROIS QUE J'EN AI BIEN BESOIN.
OLYMPE ? VOUS VOUS SOUVENEZ DE MOI ? NOUS AVONS BRIÈVEMENT TRAVAILLÉ ENSEMBLE EN 57.

JE VOIS QUE VOUS N'AVEZ RIEN PERDU DE VOTRE TALENT. CE QUE VOUS NOUS AVEZ PRÉSENTÉ CE SOIR, C'EST UN AVANT-GOÛT DE L'AVENIR AUQUEL JE NE SUIS PAS INSENSIBLE. QUELQUES SOUCIS DE FINITION, MAIS DE LA COHÉRENCE DANS VOTRE PROPOS.
JE SUIS BIEN CONSCIENTE QUE TOUT EST LOIN D'ÊTRE PARFAIT, MAIS...
NE VOUS EXCUSEZ JAMAIS DE VOTRE TRAVAIL, JE NE VEUX PAS ENTENDRE DE CONSTAT D'ÉCHEC. BEAUCOUP DE MAISONS, DONT LA MIENNE, VONT BIENTÔT S'INSPIRER DE VOS CRÉATIONS.
VOUS ME FLATTEZ. JE SUIS VOS CRÉATIONS DEPUIS QUE VOUS NOUS AVEZ QUITTÉS ET J'APPRÉCIE VOTRE TALENT À METTRE EN VALEUR LE CORPS DES FEMMES.
JE SUIS ENCORE LOIN DE L'OBJECTIF QUE JE ME SUIS FIXÉ... MAIS JE SUIS TOUJOURS À LA RECHERCHE DE JEUNES TALENTS ET JE PENSE QUE VOUS POURRIEZ APPRENDRE BEAUCOUP AVEC MOI.
TU TE RENDS COMPTE, J'AI EU DEUX PROPOSITIONS D'EMPLOI EN MOINS DE CINQ MINUTES.
ET TOI QUI PENSAIS QUE CETTE SOIRÉE ÉTAIT CATASTROPHIQUE...
JE SUIS CONFUSE. À PARIS ON ME PROPOSE DE TRAVAILLER POUR UNE MAISON QUE J'ADORE, MAIS À NOUVEAU SOUS LES ORDRES DE QUELQU'UN, ET À ANNECY J'AURAI CARTE BLANCHE DANS LE PRÊT-À-PORTER, MAIS LOIN DU MONDE DE LA HAUTE COUTURE...
JE POURRAIS AUSSI CONTINUER SEULE, AU RISQUE DE PERDRE MA CLIENTÈLE SANS EN RETROUVER DE NOUVELLE. QU'EST-CE QUE TU EN PENSES ?
NE RÉFLÉCHIS PAS TROP. APRÈS UNE BONNE NUIT DE SOMMEIL, TU Y VERRAS PLUS CLAIR.
BONNE NUIT, MON AMOUR.

MAI 1965, ANNECY.
ENFIN, DE L'AIR PUR !
REGARDE, D'ICI ON VOIT L'USINE.
ET NOTRE MAISON ! ON A VRAIMENT BIEN FAIT DE VENIR VIVRE ICI !
JE SUIS TOUTE EXCITÉE, ON VA ENFIN POUVOIR GRAVIR LE MONT BLANC !
ÇA Y EST ? ON VIT DANS LES ALPES ET DU COUP ON VA RETENTER L'ASCENSION ? JE N'AI TOUJOURS PAS DIT QUE J'ÉTAIS D'ACCORD ! C'EST UN PROJET INSENSÉ.
ET PUIS NOUS NE SOMMES ABSOLUMENT PAS PRÊTS PHYSIQUEMENT ET IL NE FAUDRAIT PAS SURESTIMER NOS CHANCES. JE NE FERAI PAS LA MÊME ERREUR QUE JEAN ET...
OLYMPE ?

OLYMPE, EST-CE QUE TOUT VA BIEN ?
MONMON... JE NE SENS PLUS MES JAMBES.
NE BOUGE PAS, JE VAIS VÉRIFIER QUE TU N'AS RIEN DE CASSÉ.
MA CHÉRIE, JE VAIS DEVOIR ALLER CHERCHER DU SECOURS. TU TIENDRAS LE COUP ?
NE ME LAISSE PAS.
JE REVIENS AUSSI VITE QUE POSSIBLE, IL FAUT QUE TU ME FASSES CONFIANCE.

LIVRE III

QUELQUES JOURS PLUS TARD, HÔPITAL D'ANNECY.
DOCTEUR, COMMENT VA-T-ELLE ?
ELLE EST CONSCIENTE ET STABILISÉE POUR LE MOMENT, MAIS ELLE DOIT RESTER EN OBSERVATION.
C'EST PLUTÔT UNE BONNE NOUVELLE, NON ?
POUR L'INSTANT, MAIS CELA NE CHANGE RIEN AU FAIT QUE VOTRE FEMME S'EST FRACTURÉ LE BASSIN ET DEUX LOMBAIRES DANS SA CHUTE. NOUS DEVRONS POURSUIVRE NOS EXAMENS, MAIS IL Y A DE GRANDES CHANCES QU'ELLE NE PUISSE PLUS REMARCHER.
IL Y A AUTRE CHOSE DONT NOUS DEVONS PARLER. D'APRÈS SON EXAMEN SANGUIN, IL SEMBLERAIT QUE VOTRE FEMME SOIT ENCEINTE. VOUS ÉTIEZ AU COURANT ?
AHEM... VOUS DEVRIEZ PEUT-ÊTRE ALLER LA VOIR.

COMMENT TE SENS-TU ?
J'AI L'IMPRESSION D'ÊTRE UN MEUBLE. LOURDE ET INUTILE.
TU AURAIS DÛ ME DIRE QUE TU ÉTAIS ENCEINTE.
JE LE SUIS TOUJOURS, TU SAIS. JE VOULAIS ATTENDRE LE TROISIÈME MOIS POUR TE FAIRE UNE SURPRISE.
SURPRISE !
CE QUI ME FAIT LE PLUS MAL, CE N'EST PAS QUE JE NE POURRAI PLUS MARCHER, C'EST QUE JE NE POURRAI JAMAIS ALLER AU SOMMET.
JE N'ARRIVE PAS À CROIRE QUE TU PENSES ENCORE À ÇA !
QU'EST-CE QU'IL TE FAUT DE PLUS ? UNE AUTRE MORT ? ELLE NOUS A TOUT PRIS, CETTE MONTAGNE, ET CETTE FOIS-CI C'ÉTAIT SON DERNIER AVERTISSEMENT.
TU AS SANS DOUTE RAISON.
NE M'EN VEUX PAS, MAIS JE SUIS TROP FATIGUÉE POUR CONTINUER CETTE CONVERSATION.

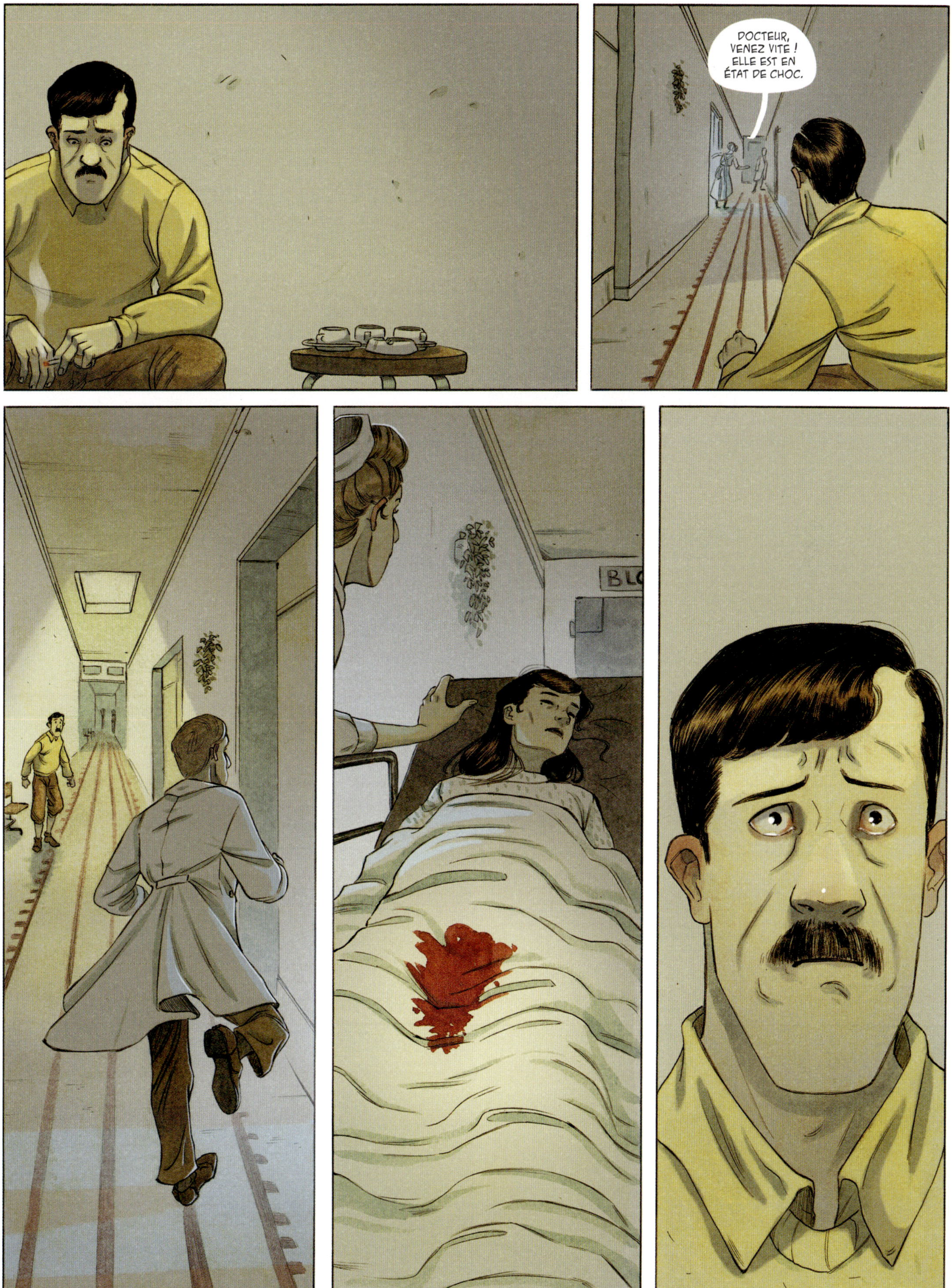
DOCTEUR, VENEZ VITE ! ELLE EST EN ÉTAT DE CHOC.

ELLE VA BIEN, L'OPÉRATION S'EST BIEN PASSÉE.
QU'EST-CE QUI S'EST PASSÉ ? IL Y AVAIT TELLEMENT DE SANG... ET LE BÉBÉ ?
UN FRAGMENT D'OS DU COCCYX A PERCÉ LA PAROI DE SON UTÉRUS, MAIS L'EMBRYON EST INTACT. CEPENDANT, J'AI PEUR QU'IL Y AIT DE GRAVES COMPLICATIONS POUR SA SANTÉ SI ELLE DÉCIDE DE GARDER L'ENFANT.
POUR L'INSTANT, IL FAUT QUE SON BASSIN GUÉRISSE ET SA GROSSESSE RISQUE D'AJOUTER DES TENSIONS DURANT LA RECALCIFICATION.
EST-CE QUE JE PEUX LA VOIR ?
ELLE EST SOUS SÉDATIF, MAIS... PAS PLUS DE DIX MINUTES, C'EST D'ACCORD ?
COMMENT TE SENS-TU ?
MIEUX, GRÂCE À LA MORPHINE. QU'EST-CE QUE TU AS, ON DIRAIT QUE TU AS VU UN FANTÔME ?

JE VIENS DE PARLER À TON MÉDECIN.
IL PENSE QUE GARDER L'ENFANT TE METTRAIT TROP EN DANGER ET....
NE FINIS PAS TA PHRASE ! JE ME SUIS TROP BATTUE POUR AVOIR CET ENFANT ET JE NE LAISSERAI PERSONNE ME L'ENLEVER.
JE PEUX ACCEPTER DE PERDRE UN ENFANT QUE JE NE CONNAÎTRAI JAMAIS, MAIS JE NE PEUX PAS ACCEPTER DE TE PERDRE. IL N'EST PAS TROP TARD POUR EN FAIRE UN AUTRE.
JE N'AI PLUS VINGT ANS EDMOND. NOUS SAVONS TOUS LES DEUX QUE C'EST NOTRE DERNIÈRE CHANCE.
JE SUIS PRÊT À TOUT POUR TOI, MÊME À TE PORTER SUR MON DOS JUSQU'AU SOMMET DE TA FOUTUE MONTAGNE. MAIS SI TU GARDES L'ENFANT, TU RISQUES DE MOURIR ET ÇA JE NE PEUX PAS L'IMAGINER. JE T'AIME TELLEMENT.
LAISSE-MOI S'IL TE PLAÎT, JE DOIS Y RÉFLÉCHIR.

ANNECY, QUELQUES MOIS PLUS TARD.
DING DONG !
BONJOUR M'SIEUR EDMOND, J'AI UN RECOMMANDÉ POUR VOUS.
ET COMMENT VA MADAME OLYMPE, AUJOURD'HUI ?
BIEN, MERCI. AU REVOIR ANTONIN.
HONORÉ EST MORT… IL S'EST SUICIDÉ.

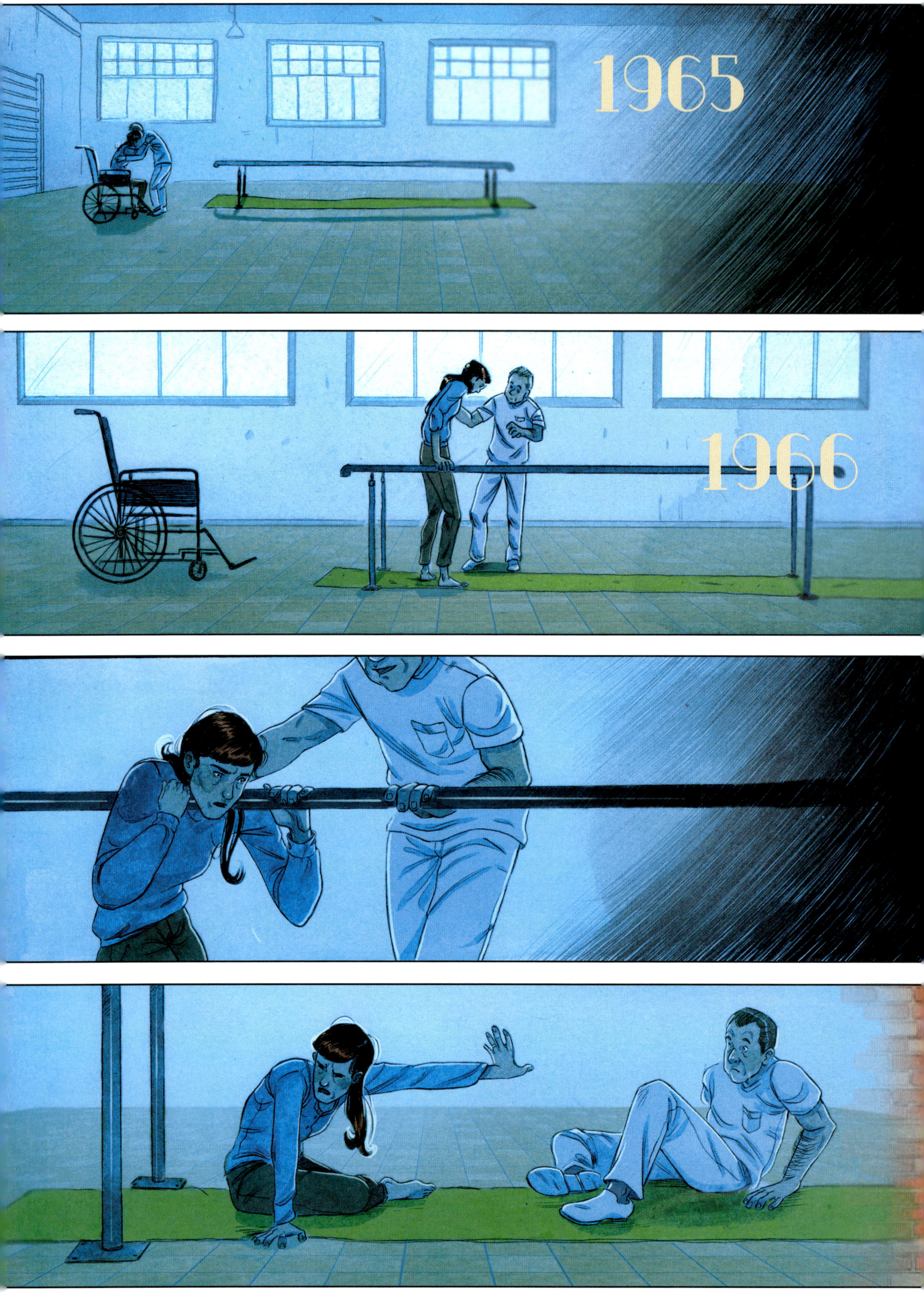
1965
1966

1967
1968

ÉTÉ 1969, ANNECY.
ET VOILÀ ! JE VAIS TE BORDER COMME TU AIMES, À PRÉSENT.
UNE BONNE NUIT DE SOMMEIL, ÇA TE FERA DU BIEN.
TU VAS ENCORE PASSER LA NUIT DANS TON ATELIER ? JE ME DEMANDE BIEN CE QUE TU Y FABRIQUES... TU NE VIENS PLUS TE COUCHER AVEC MOI.
NE T'INQUIÈTE PAS POUR ÇA, TU VERRAS, C'EST UNE JOLIE SURPRISE.

OLYMPE, RÉVEILLE-TOI, C'EST LE GRAND JOUR !
TU VAS ME DIRE POURQUOI ON SE LÈVE AUSSI TÔT AUJOURD'HUI ?
NON, TU NE SAURAS RIEN TANT QUE... BREF, FAIS-MOI CONFIANCE ET TU VERRAS.

EDMOND, TU ES SÛR DE TOI ?
PLUS QUE JAMAIS !
ALLEZ, IL EST TEMPS DE VAINCRE CE SOMMET UNE BONNE FOIS POUR TOUTES !

JE N'EN REVIENS TOUJOURS PAS DE CE QUE TU FAIS POUR MOI, MAIS J'AI PEUR QUE TU AIES PRIS DES RISQUES INCONSIDÉRÉS.
NE T'INQUIÈTE PAS DE ÇA. JE T'AI FAIT UNE PROMESSE ET JE VAIS LA TENIR. ET PUIS JE SUIS JUSTE HEUREUX DE TE VOIR SOURIRE. J'AVAIS OUBLIÉ À QUEL POINT TU POUVAIS ÊTRE RAYONNANTE.
MOI AUSSI...
REGARDE, UNE PERDRIX BLANCHE ! ELLE A DÉJÀ SA LIVRÉE D'AUTOMNE... C'EST UN BON PRÉSAGE.
POURQUOI ÇA ?
PARCE QUE HENRIETTE EN A VU AUSSI LORS DE SON ASCENSION ET QUE C'EST ASSEZ RARE À CETTE PÉRIODE DE L'ANNÉE.

PRENDS SUR LA DROITE DANS DIX PAS, PUIS TU CONTOURNERAS LÉGÈREMENT CE ROCHER.
CELUI-LÀ ?
ATTENTION !
UN PAS DE PLUS ET ON Y PASSAIT.
REGARDE OÙ TU METS LES PIEDS ET LAISSE-MOI M'OCCUPER DE LA VOIE À SUIVRE, ESPÈCE D'IDIOT. TU SAIS GRIMPER, JE TE L'ACCORDE, MAIS TU MANQUES DE FLAIR.
C'EST FOU CE QUE TU ME RAPPELLES MON SERGENT-CHEF.
EH BIEN JUSTEMENT, RETROUVE TES HABITUDES DE TROUFION ET SUIS MES ORDRES.
QU'EST-CE QU'ON FAIT ALORS, CHEF ? L'ARÊTE EST VIVE ENTRE CES DEUX CREVASSES.
ATTENDS, JE RÉFLÉCHIS.
LÀ, DES TRACES DE CHAMOIS QUI REMONTENT JUSQU'AUX GRANDS MULETS. SUIVONS-LES. MA MÈRE DISAIT TOUJOURS QUE LES CHAMOIS NE SE TROMPENT JAMAIS ET QU'ILS CONNAISSENT LES BONS PASSAGES.

LA DERNIÈRE FOIS QUE NOUS AVONS DORMI ICI, C'ÉTAIT POUR ALLER CHERCHER JEAN... J'AVAIS LE CŒUR TELLEMENT SERRÉ ET LE TEMPS ÉTAIT SI MAUVAIS QUE JE NE M'ÉTAIS PAS APERÇUE DE LA BEAUTÉ DU PANORAMA.
N'Y PENSE PAS TROP. C'EST DU PASSÉ MAINTENANT. PROFITONS-EN À FOND.
LÀ, J'AI SURTOUT ENVIE DE PROFITER D'UN BON REPAS !
BEN QUOI, VOUS N'AVEZ JAMAIS VU PERSONNE FAIRE LA BÊTE À DEUX DOS ?

C'EST L'HEURE, MON CHÉRI, RÉVEILLE-TOI !
SATANÉE MIGRAINE, ELLE NE ME LÂCHE PAS DEPUIS CE MATIN.

OLYMPE, JE NE VOIS PLUS RIEN !
EDMOND, REPRENDS-TOI. JE VAIS LÂCHER !
CHHTAK

EDMOND, ON Y EST PRESQUE, REGARDE ! C'EST LA CIME !
EDMOND ?
JE N'EN PEUX PLUS. ON Y ARRIVERA JAMAIS. JE NE SENS PLUS MES JAMBES.
JE SUIS DÉSOLÉ, OLYMPE. SI J'AVAIS FAIT PLUS ATTENTION, JE NE T'AURAIS PAS LAISSÉE GLISSER. NOUS SERIONS PARENTS AUJOURD'HUI. NOUS SERIONS HEUREUX...
SI SEULEMENT ON S'ÉTAIT ENCORDÉS CE JOUR-LÀ...
ET REGARDE-NOUS MAINTENANT. UNE HANDICAPÉE ET SON MARI TROP FAIBLE POUR TENIR SES PROMESSES. SI SEULEMENT...
TU SAIS CE QUE DISAIT MA MÈRE ? AVEC DES SI, ON MET PARIS EN BOUTEILLE. MAINTENANT, LÈVE-TOI ET EMMÈNE-MOI AU SOMMET !

EDMOND, REGARDE !

JE LES VOIS, ILS SONT TOUS LÀ EN BAS ! MAMAN, HENRIETTE, JEAN ET FRANÇOIS. HONORÉ EST VENU AUSSI !
TU LES VOIS, TOI AUSSI ?
OUI, MA CHÉRIE, JE LES VOIS.
IL EST TEMPS DE RENTRER.

ÉPILOGUE

CHAMONIX

Olympe,

Depuis que tu es partie, j'ai souvent pensé à t'écrire pour te dire combien me manque cette lueur franche qu'il y avait dans tes yeux.

Tu étais la force qui me manquait de faire face à la vie et de saisir chaque instant comme si c'était le premier, après toutes les privations et les humiliations que nous avons connues pendant la guerre.

Quand tu as expiré je suis devenu un soldat sans mission, condamné à errer sans but dans l'attente d'un destin funeste.

J'aimerais tant retrouver ton sourire ou ton regard chez un enfant issu de notre amour, mais le destin en a voulu autrement. Nous ne laisserons rien d'autre de notre passage sur cette terre que le souvenir d'un couple heureux chez ceux, toujours moins nombreux, qui nous ont connus.

Je suis fatigué d'attendre et j'ai décidé qu'il était temps d'aller te cueillir un nouvel Edelweiss. Celui-ci est tout fané.

J'entends déjà tes remontrances quand je viendrai te l'offrir, mais je sais que tu m'accueilleras à nouveau dans tes bras en me traitant d'idiot.

J'ai tellement hâte de te retrouver.

Ton Edmond qui t'aime depuis le premier jour et qui n'a jamais regretté d'être parti à ton bras, ce jour d'été 47

EDELVEISS

VU PAR

...

...

Laurence
BALDETTI

MARA

...

Jonathan
MUNOZ

...

Jean-Charles
POUPARD